글벗시선 191 이명주 시조집

너에게로 가는 길

이 명 주 지음

시조집을 출간하며

2~3년 전만 해도 제가 시를 써서 시집을 출간한다는 것은 나와 거리가 먼일인 줄만 알았습니다. 이제 네 번째 시집을 출간합니다.

인생사 새옹지마(塞翁之馬)라 했던가요? 정말 한 치 앞을 내다볼 수 없다는 말, 저는 몸소 실감하고 있습니다. 시인이란 삶은 나와 동떨어진 이야기인 줄만 알았습니다. 이렇게 시가 새로운 삶의 활력이 되었습니다.

시를 쓸 수 있도록 용기와 격려로 큰 도움을 주신 글벗문학회 최봉희 회장님께 깊은 감사의 말씀을 드립니다.

3년간 코로나로 인해 사회는 많이 어렵고 힘든 시기입니다. 부디 제 시와 시조를 읽고 작은 위로와 위안을 받을 수 있다면 큰 기쁨으로 생각하겠습니다. 아울러 생명이 허락하는 그날까지 용기를 잃지 않고 사랑과 행복의 시를 열심히 쓰겠습니다.

다시 한번 독자님들의 사랑과 응원에 깊은 감사를 드립니다.

– 2023년 어느 봄날에 글빛 이명주 쓰다

차 례

제1부 사랑차

제2부 고향의 봄

제3부 사랑꽃

제4부 사랑 풍경

제5부 사랑 추억

제6부 행복 추억

■ 서평

제1부

사랑차

꽃차를 마시며

투명한 찻잔 속에
담겨진 푸른 눈빛
고운 임 기다리며
해맑게 우린 정성
꽃웃음
설렘을 안고
널 기다릴 수밖에

토라진 꽃봉오리
굳었던 마음 풀고
해맑은 아이처럼
호수에 비친 얼굴
잠시만
기다려 주오
지금 달려간다오

가을 커피

가을 문 빼꼼 열면
쌀쌀한 아침 공기
촉촉이 비 내린 날
너와 나 등 기대고
마알간
커피 한 잔에
가을 향기 취한다

갈바람 솔솔 부는
청명한 푸른 하늘
가을 향 짙은 커피
그리움 불러내면
설렘은
달려 나와서
가을 문턱 넘는다

우롱차

노을이 물들 때쯤
우연히 너를 만나
나란히 마주 보며
도란도란 이야기꽃
어느새
노을빛 정원
또 하루가 저문다

심장이 쫄깃쫄깃
첫사랑 같은 느낌
온몸에 찌릿 전율
눈 감고 느껴 본다
쪼르륵
행복한 떨림
내 가슴에 스민다

유채 꿀차

봄바람 하늘하늘
꿀벌의 봄나들이
달콤한 노란 꽃잎
사랑을 모아 담다
춤추는
노란 꽃물결
바로 그대이어라

샛노란 넓은 들판
꽃망울 터트리고
유채꽃 향기 폴폴
꿀벌과 하얀 나비
사랑해
더 늦기 전에
노란 고백 하고파

연푸른 바다 보며
보고픈 그대 생각
쪼르르 달려 나와
애타게 그리는 맘
찻잔 속
다소곳 앉아
기다려요 그대를

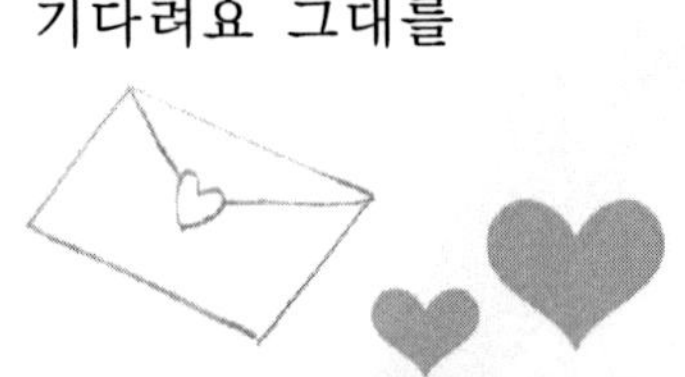

동백 꽃차

꽃송이 올망졸망
찻잔 속 노랫소리
나른한 오후 빛살
차 향기 취해 본다
꽃술 위
노오란 설렘
노닐다 간 그대 맘

놀랍고 오묘한 맛
그윽한 동백 꽃차
매혹의 짙은 열정
더 깊은 심장 소리
기다림
달큰한 향기
그대 마음 오롯이

카푸치노 사랑

창가로 스며드는
햇살이 따사롭다
그리움 가득 담아
그대 맘 채워 본다
보드란
그대의 입술
사랑 눈빛 뜨겁다

편안한 시간 속에
포근히 품은 사랑
어여쁜 찻잔 속에
피어난 그대 향기
보고파
검게 탄 마음
반짝이는 나의 별

차를 마시며(1)

내 안에
그대 생각
오롯이 담아두고

촉촉이
비 내린 날
살포시 마주한다

따스한
그대의 향기
그리움을 마신다

차를 마시며(2)

정성껏 빚은 찻잔
청잣빛 순한 마음
풋풋한 여린 잎새
그 향기 시나브로
어울려
맛깔난 인생
깊어지는 우리 삶

찻잔을 앞에 두고
가만히 눈을 감다
저 푸른 들꽃 향기
코끝에 스며드네
잔잔한
연듯빛 호수
너와 나 숨 고르기

새벽길

새벽녘 어두운 길
동동동 바쁜 걸음
칼바람 에워싸도
눈웃음 정스럽다
따뜻한
우리의 마음
겨울바람 재운다

양 볼은 빠알갛게
꽁꽁꽁 손이 얼다
호호호 입김으로
언 손을 녹여 본다
따뜻한
커피 한 잔에
마음 풀어 놓는다

겨울 산길을 걷다

앙상한 가지 끝에
한 해를 비춰 보며
바스락 낙엽 산길
새해를 기다린다
햇살길
오르다 보면
내 모습이 보인다

오르막 내리막길
인생길 닮았어라
바람이 쌩쌩 불어
손끝은 시려온다
양지 녘
햇살 좋은 곳
웃음꽃이 피었다

우정이 가득 담긴
따뜻한 커피 한 잔
안부를 묻는 친구
마음을 토닥인다
낙동강
저 물줄기는
그냥 묵묵 흐른다

구절초 향기

해 반짝 아침이슬
꽃길을 걸어가며
가을을 꽃물 들인
풋풋한 자연 풍광
선모초(仙母草)
소나무 아래
엄마 향기 품는다

아침 커피

눈 뜨면 달려가요
이 마음 어쩌나요

그대를 향한 마음
오늘도 달콤해요

남몰래
그대 품 안에
풍덩 빠져 버려요

커피와 책

아침이 밝아오면
스르르 책을 든다
올곧은 지혜 담은
희망의 빛이 난다
참 좋다
책의 숨소리
삶의 보물 꿈 곳간

지식의 창을 넘어
포근한 마음 안식
복잡한 마음 챙겨
책장을 넘겨본다
힘들고
생각 많은 날
커피 한 잔 책 한 권

모닝커피

아침이 밝아오면
첫 마음 그대 생각

은은한 향기 품고
쭉 내민 그대 입술

당신의
따뜻한 위로
파도치는 그리움

구절초 향기(2)

선선한 바람 따라
숲길을 걷다 보면
따뜻한 사랑 담은
돋을볕 반짝인다
넉넉한
인심까지도
우리 엄마 닮았다

오밀조밀 모여 앉은
구절초 참 예쁘다
가을의 향기 가득
소야곡 애틋하다
하얀 꽃 노란 꽃술 위
벌이 날아 앉는다

가을 녘 청아한 꿈
꽃바람 피어나고
소박한 사람들의
넉넉한 안다미로
꽃향기 머무는 언덕
신비로운 여행길

Love you

내 사랑 커피

새날이 밝아오면
환하게 웃어주는
오롯한 나의 사랑
그대가 있습니다
당신의
힘찬 응원가
함께 불러봅니다

그대를 바라보며
행복이 가득해요
힘들고 지친 마음
언제나 토닥토닥
슬플 땐
나를 위해서
검은 눈물 흘려요

구릿빛 얼굴에는
늘 웃음 가득하고
말없이 곁에 앉은
그대가 참 좋아요
그 사람
만나는 날엔
하얀 웃음 넘쳐요

가을 커피(2)

알싸한 찬바람이
얼굴을 스친 아침

나뭇잎 쓸쓸하듯
그대가 그리워라

그리움
진하게 물든
그대 향기 찾는다

카페에서

산길을 굽이굽이
소소한 행복 카페

새파란 하늘 가득
창밖의 자연 바람

카페 송
감성 톡톡톡
간질간질 건들다

커피 사랑

촘촘히 첫 잎 틔워
하늘을 품어 안다
햇살에 춤을 추듯
두 날개 푸른 나비
옹골찬
씨앗의 희망
꿈을 담고 피는 꽃

하이얀 별꽃 피워
하늘에 걸어두고
빠알간 열정으로
붉은 빛 사랑 품다
까맣게
그을린 미소
농익은 빛 그 향기

믹스커피

달달한 나의 사랑
부드러운 사랑 햇살

따뜻한 임의 위로
사랑을 채운 행복

힘들 때
문득 향 좋은
커피 한 잔 그립다

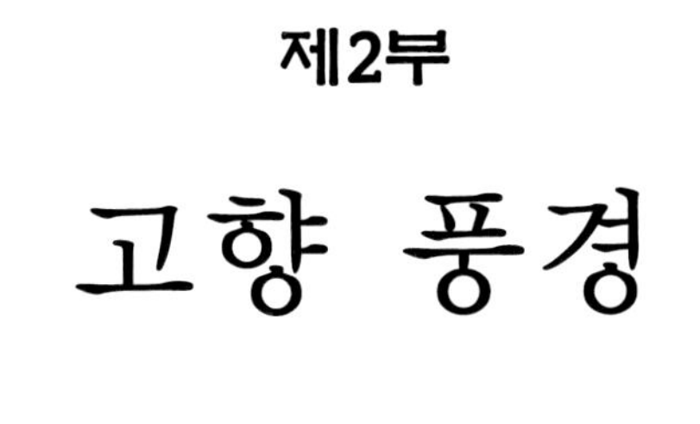

제2부

고향 풍경

고향의 봄

빛 고운 오솔길에
달콤한 푸른 향기
굽이진 둘레길은
빛살에 방긋 웃네
졸졸졸
계곡 물소리
선율 따라 흐르네

산기슭 양지 녘에
곱게 핀 진달래꽃
예쁘게 수줍은 듯
보랏빛 엘레지 꽃
팡팡팡
화려한 폭죽
터트리는 꽃망울

친구의 봄마음을
감싸는 햇살처럼
따뜻한 수다 속에
우정꽃 활짝 피네
어릴 적
추억을 찾아
다시 걷는 고향길

친구에게

원동역 순매원 길
배내골 나의 고향
봄이면 매화 향기
새콤달콤 원동 딸기
삼겹살
청정 미나리
파릇파릇 봄이다

삼겹살 지글지글
맛나게 익을 때면
미나리 숭숭 썰어
불판 위 살짝 익혀
향긋한
미나리 삼겹
친구 안부 묻는다

눈가에 주름살은
세월을 못 이기고
지나온 세월처럼
감싸며 품고 사네
친구여
오래 더 오래
함께하자 영원히

만두 빚기

그리움 가득 담아
내 마음 오밀조밀
손끝을 꼭꼭 눌러
추억을 가득 담다
옛사랑
내 곁에 앉아
숨결처럼 맴돈다

묵은지 송송 썰어
동그란 추억의 꽃
한 송이 필 때마다
가족들 웃음소리
어머니
살아계신 듯
우리 곁에 앉는다

그리운 내 고향

산세가 아름다운
첩첩산중 작은 마을
고향집 앞 시냇가
아이들 웃음소리
멱 감고
송사리 쫓던
그리워라 내 고향

십리 길 등하굣길
사계절 아름답다
물소리 산새 소리
병풍 속 한 폭 그림
친구들
웃음소리에
따라 웃는 메아리

추억의 붕어빵

검은색 무쇠틀에
한 마리 붕어 살다
가슴에 들어오는
추억의 겨울 향수
그 맛은
신기루처럼
입속에서 녹았지

매서운 칼바람이
옷깃을 스치는 날
팥 앙금 달콤한 맛
쫀득한 겨울 별미
누우런
봉투에 담긴
아버지의 그 사랑

고향 생각

산 넘어 내 고향은
봄맞이 물 오름길
잎새에 부는 바람
햇살 끝 머무는데
어이해 그리운 임은
소식조차 없는고

분홍옷 단장하고
오일장 다녀올 제
울 엄마 양손 가득
육 남매 웃음소리
어릴 적 색동 고무신
머리맡에 두었지

먼 산을 바라보니
연둣빛 고운 떨림
가슴속 그리움은
엊그제 같은 모습
부모님 머문 자리에
초록 웃음 머문다

엄마가 그립다

다 타고 남은 숯불
뚝배기 올려놓고
김치 숭숭 썰어 넣고
멸치 동동 띄워 놓다
찬밥을
한술 넣어서
보글보글 끓인다

따뜻한 사랑으로
정성껏 끓여주신
어릴 적 추억 음식
지금은 맛 못 보네
엄마표
김치 국밥이
생각나는 이 아침

내 고향 배내골은
산새가 아름답다
봄여름 가을 겨울
사계가 엄마 같다
다시금
정든 학굣길
꼬불꼬불 걷는다

외갓집 풍경

좁다란 논두렁길
졸졸졸 개울 지나
꼬불꼬불 길가에는
풀 내음 들꽃 향기
오르막
햇살 가득한
언덕배기 초가집

안방의 작은 다락
참새들 방앗간엔
곶감과 벌꿀 단지
천사들 보물창고
남몰래
들락거리다
꿀단지도 깨었지

언니 등 올라타는
키 작은 꼬마 천사
하나둘 보물 찾아
사랑 간식 담았지
할머니
활짝 핀 웃음
알면서도 모른 척

참 예쁜 서쪽 하늘
은하수 수를 놓고
부뚜막 고향 향수
아궁이 쇠죽 향기
장작불
따끈 구들장
정겨웠던 외갓집

고향길

에움길 돌아 돌아
아늑한 고향마을
소녀의 꿈을 키운
추억이 아름답다
봄이면
순매원 꽃길
그립구나 친구들

십 리 길 걸어 걸어
학굣길 추억 모아
단정한 단발머리
해 맑은 친구 얼굴
아련한
추억의 모습
그리면서 산다오

단풍(1)

갈바람 간질간질
내 사랑 웃게 하고
가을 하늘 양떼구름
힐끗힐끗 눈 맞추네
소소한
행복의 빛깔
선물처럼 나눈다

내 마음 사이사이
겹겹이 쌓아두고
간절히 그리울 때
숨죽여 꺼내 본다
우리의
뜨거운 사랑
가을빛에 물들다

단풍(2)

입가엔 하얀 웃음
발그레 물든 얼굴
사방을 둘러보면
눈부심 가득하다
오색 빛
고운 맵시에
가을 눈빛 뜨겁다

쓸쓸히 돌아서는
나그네 흔적 찾아
말없이 떨어지는
고운 빛 꽃이로다
가을이
손짓하는 곳
어디든지 가련다

고마리꽃

개울가 습진 곳에
지천에 피어난 꽃
그 얼굴 반가워라
그 미소 정겨워라
어릴 적
추억의 들꽃
올망졸망 피었네

별처럼 반짝반짝
빼꼼히 내민 얼굴
뽀오얀 얼굴빛에
발그레 분홍 웃음
실바람
하늘거리며
가을 향기 전하네

넝쿨성 한해살이
고마운 고마리꽃
오염된 물을 씻어
자연을 사랑하네
파아란
하늘을 보며
방긋방긋 웃는 꽃

축복

두 손을 곱게 모아
마음속 깊은 기도
무릎을 꿇고 앉아
은총에 보답해요
당신께
감사 꽃다발
사랑으로 전해요

마음은 평화롭게
하루를 웃게 하고
당신의 뜻을 섬겨
보람을 찾으리오
온 우주
만물의 소생
신비로운 축복들

여명의 아침

일출이 비친 바다
눈빛은 붉은 물결

정박한 고깃배 위
몰려온 갈매기 떼

통통통
만선의 깃발
꿈을 실은 어선들

바닷가에서

갈바람 불어오는
해파랑 여울 길목
하이얀 파도 소리
엿 추억 밀려오네
그리움
수평선 위에
아슴아슴 걷는다

오르고 내리는 길
내딛는 발길 따라
춤추는 거센 물결
기억은 흩어지고
아쉬움
숨 가쁜 물결
너를 찾아 헤맨다

성묘 가는 길

선산에 가는 길목
작은 별 고마리꽃
물봉선화 엷은 미소
반갑다 웃어주네
툭 툭 툭
떨어진 알밤
행복 가득 담는다

자욱한 짙은 안개
산허리 끌어안고
그리움 휘이 휘이
선산에 내려앉다
내 임의
온화한 눈빛
끝도 없이 그립다

가을빛 내려앉은
선산을 바라보며
포근한 햇살 속에
당신의 미소 핀다
한없이
바라보아도
대답 없는 나의 임

가을 내음

참 좋다 단풍 내음
여름날 수고로움
땀 냄새 배어 있는
내 임의 향기로다
사뿐히
그 길을 가면
그대 향기 만난다

갈 바람 파란 하늘
들꽃 향 가득 품고
낙엽에 적은 사랑
오색빛 임의 편지
살며시
앙가슴 열고
그대 마음 읽는다

하늘의 꽃

창가를 바라보면
오색빛 하늘의 꽃
백일홍 흐드러져
햇살에 물든 하늘
빨갛게
수줍은 얼굴
첫사랑이 그립다

내 임이 오시는 길
꽃가루 뿌려 놓듯
황홀한 서쪽 하늘
꽃길이 열렸어라
노을빛
그리운 설렘
당신 눈빛 닮았다

가을 운동회

파아란 가을하늘
만국기 휘날리고
황톳빛 운동장에
청백군 편을 지어
목 핏줄
붉어진 얼굴
청군 백군 이겨라

우렁찬 함성 속에
해맑은 웃음소리
신이 난 꼬마 천사
힘 있게 달려가네
차례로
손목에 도장
공책 연필 한 아름

고사리손 마주 잡고
함께 달린 옛 친구
지금은 어디에서
뭘 하고 있을까요
그립다
보고픈 친구
추억 속의 그 함성

오곡이 무르익어
추수가 끝이 나고
이웃과 함께 모인
가을의 운동회 날
온 동네
한 가족 되어
잔치 마당 열지오

널 그리며

눈에는 이슬 담은
뜨거운 가슴 울림

그 바다 파도처럼
자꾸만 밀려오네

내 마음
꾹꾹 눌러도
요동치는 그리움

제3부

사랑꽃

명자꽃

물오른 가지 끝에
꽃바람 붉게 물던
겸손한 아가씨 꽃
참 곱고 청초해라
수줍은
봄처녀처럼
도닥도닥 꽃단장

봄꽃 중 가장 붉은
그리운 꽃망울들
빗물에 흠뻑 젖은
그 모습 더 곱구나
앙가슴
빗장을 열고
쉴 새 없이 벙근다

뒤뜰에 일렁이는
쌀쌀한 꽃샘바람
울타리 가지 사이
수줍게 살짝 숨어
톡톡톡
터져 나오는
그리움의 꽃망울

명자나무(산당화)

장독대 뒤뜰에는
홍자색 산당화여
소담히 다붓다붓
정다운 이야기꽃
널 보면
나의 가슴은
하염없이 뛴다네

은은한 그대 향기
따뜻한 그대 눈빛
보고픈 얼굴 하나
엄마를 닮았구나
봄이면
더욱 그리운
사랑하는 그대여

꽃차 향기

마알간 푸른 빛살
고운 임 순한 눈빛
알싸한 맑은 향기
그대를 닮은 마음
따뜻한
우리의 사랑
행복 가득 담아라

내 눈빛 가득 품은
새하얀 그대 눈꽃
펼쳐진 축복 속에
살포시 피어난다
내 마음
저 하늘까지
곱게 닿은 그리움

꽃향기 속닥속닥
정겨운 이야기꽃
그윽한 깊은 사랑
내 맘에 전해오면
꽃보다
아름다운 정
포근하게 품는다

벚꽃 피는 날

푸른 싹 고운 꽃잎
보드란 햇살 내음
투명한 그림 되어
마음을 사로잡네
해사한
꽃잎 눈웃음
삼삼오오 상춘객

우듬지 걸터앉은
햇살은 따사롭다
봄 처녀 미소 닮은
빛 고운 들꽃 향기
눈부신
내 안의 눈물
햇살 같은 그리움

아련한 그리움에
흔들린 벚꽃 나무
새소리 바람 소리
스며든 초록 빛살
어스름
저녁 석양에
노을빛이 해맑다

나비바늘꽃(가우라)

호숫가 작은 정원
나비 떼 내려앉아
가녀린 줄기 끝에
화려한 날개 펴다
바람결
춤추는 사랑
떠나간 임 찾는다

발자국 소리 따라
포르르 날아올라
요염한 몸짓으로
춤추는 하얀 나비
떠난 임
기다리는 정
호숫가에 앉는다

석류

그리운 가슴 속에
알알이 숨겨놓고
끝끝내 참지 못해
앙가슴 여는 열정
수줍게
영근 그리움
내어주는 그 사랑

빠알간 그리움이
살며시 내민 입술
아련한 추억들로
볼 키스 기다리네
톡톡톡
터지는 행복
새콤달콤 그 사랑

백목련

어두운 골목길에
하이얀 꽃등 켜고
별빛이 소곤소곤
문밖에 서성이네
아침 달
문틈 사이로
파고드는 외로움

그리움 녹아내려
마음은 사무치네
지나는 골목길에
한 송이 꽃이 되어
사랑의
꽃 그림자로
그대 다시 만나리

목련꽃 피는 날

목련화 꽃망울이
부풀어 담장 넘네
설렘의 봄바람은
삭정이 꽃피우고
대문 앞
복슬강아지
꾸벅꾸벅 졸구나

따뜻한 바람 손길
보드랍게 쓰다듬고
첫사랑 같은 설렘
봉긋한 꽃봉오리
촉촉한
밤비에 젖어
임의 향기 찾는다

그대의 고운 웃음
핑크빛 봄 머금고
숨죽여 터트리며
와르르 꽃물 드니
동구 밖
목련나무는
하얀 속살 펼치네

봄에 피는 사랑

양지 녘 창가에는
매화꽃 피어나고
오가는 행인들은
발길을 멈춰섰다
봄처녀
반기는 소리
찰칵찰칵 담는다

상큼한 살랑바람
봄 향기 가득 담아
봄을 품고 흔들흔들
춤추며 그네 타네
보조개
머금은 미소
환한 웃음 꽃피네

첫 마음 올랑올랑
살포시 품어본다
남몰래 설렌 마음
가슴에 묻으리라
따뜻한
햇살 받으며
사랑으로 피어라

홍매화

우아함 간직한 채
추운 날 곱게 피네
지조와 절개 겸비
당당한 군자 기상
고귀한
정열의 꽃잎
고고하다 그 모습

황금빛 노란 입술
매혹이 넘쳐나고
꽃잎에 맺힌 빗물
향기로 유혹하네
꽃 눈물
붉게 빛나는
봄의 전령 홍매화

영롱한 투명 물빛
그리운 임의 향기
은은한 매화꽃길
추억이 소곤대네
사랑의
향기로 젖어
가는 발길 붙잡네

설연화(雪蓮花)

산기슭 잔설 속에
꽁꽁 언 가슴 여네
힘든 길 잊은 듯이
말없이 미소 짓네
노오란
그리움 품고
터트리는 꽃망울

수줍게 내민 얼굴
어여삐 감싸 안네
차디찬 겨울의 끝
잔설에 빛나는 꿈
얼음꽃
샛노란 얼굴
목숨의 빛 밝히네

동백꽃

하이얀 털모자 쓴
어여쁜 동백 아씨
수줍은 빠알간 볼
우아한 여인이여
동백꽃
가슴에 품고
가슴 저린 동박새

보고파 애타는 맘
그대를 사랑해요
말 못 할 그 사연을
가슴에 묻었다네
그리움
붉게 멍들어
동백 꽃잎 이울다

두껍고 반짝반짝
초록빛 잎새 위에
붉은 잎 노란 웃음
단아한 아름다움
똑똑똑
떨어진 열정
송이송이 벙글다

꽃다발

분홍빛 꽃다발에
그대의 마음 담다
꽃물결 넘실넘실
수줍게 물든 얼굴
그녀의
행복한 마음
함박웃음 짓는다

살가운 당신 맘에
오롯이 담은 사랑
그녀를 바라보는
그 눈빛 정겨워라
꽃보다
눈부신 그녀
행복 웃음 빛난다

Love you

새깃유홍초

잎새는 새의 깃털
별 모양 덩굴식물
빙빙빙 돌아올라
저 하늘 별이 되어
영원히
사랑스러운
그대 별이 될게요

하늘에 반짝이는
별 모양 빨간색 꽃
가슴에 수놓아진
수많은 별빛처럼
지친 맘
어루만지며
아름답게 빛나네

나한 번 봐주세요
당신이 그리워요
애절한 마음 실어
웃으며 손짓하네
가끔씩
그대 생각에
따뜻한 정 그리워

아스타 국화

별 모양 몽실몽실
국화꽃 신비롭다
색 색깔 알록달록
숙근초 화려한 꽃
추운 날
땅속의 사랑
봄이 되면 만나요

내 작은 뜨락에는
활짝 핀 그대 모습
뜨거운 마음으로
여름부터 가을까지
햇살과
물이 좋아요
함초롬히 웃는다

가만히 바라보면
내 가슴 쫄깃쫄깃
처음 본 그대에게
내 마음 빼앗기네
추억의
보랏빛 사랑
그려보네 그 얼굴

갯국화

바닷가 벼랑 끝에
쌍떡잎 초롱꽃목
꽃향기 가득 품고
비스듬히 누워 피네
통통통
뱃고동 소리
기다린 임 오실까

국화꽃 닮았으나
꽃보다 고운 잎새
녹색 잎 가장자리
뒤쪽 잎 은빛 잔털
두상화
작은 꽃송이
한결같은 참마음

햇살을 듬뿍 받아
노란 꽃 올망졸망
꽃다발 곱게 들고
내 사랑 받아주오
오롯이
당신을 향한
붉은 마음 갯국화

남천 나무

정원수 울타리에
흥겨운 노랫가락
이름이 무엇일까
궁금해 찾아보네
어머나
초록의 잎새
남천 나무 그 이름

봉긋한 꽃봉오리
올곧은 나무줄기
뜨거운 햇살 아래
하얀 꽃 노란 꽃술
가을날
상큼한 햇살
두근두근 설레요

겨울엔 붉은 잎새
단단한 붉은 열매
눈 쌓인 남천 나무
매듭달 마음 다짐
따뜻한
나눔의 마음
빨간 꽃물 들여요

은목서 향기

하이얀 작은 꽃들
당신의 마음 향기
발걸음 멈추고서
그대를 기다려요
천리향 멀리 있어도
당신 향기 알지요

쌀쌀한 서릿가을
빼곡한 나뭇잎들
빼꼼히 눈 맞추는
뽀오얀 고운 얼굴
향긋한 은목서 향기
바람 따라 천릿길

깜깜한 밤하늘에
은하수 별빛 되어
저 멀리 내 임에게
소식을 전하지요
작은 별 찬바람 머리
온 누리에 번져요

* 찬바람 머리: 사늘한 바람이 부는 무렵
* 서릿가을 : 늦은 가을

금목서 향기

아파트 정원에는
황금빛 달콤 향기
들겨울 달맞이로
별꽃들 분주하다
꽃향기
맘껏 풍기며
당신 마음 이끈다

작은 별 반짝반짝
수많은 이야기꽃
겨우내 싱그러운
초록빛 그리움들
옛 추억
진한 유혹에
내 마음을 빼앗다

금목서 짙은 향기
코끝에 전해오면
첫사랑 향기 찾아
추억을 그려본다
바람결
내 임의 향기
잊지 못할 그대여

꽃댕강나무(아벨리아)

키 작은 울타리에
촘촘히 가득 핀 꽃
고운 잎 하늘하늘
햇살에 반짝반짝
종 모양
은은한 향기
오랜 벗과 같은 꽃

귀엽게 오밀조밀
작은 꽃 하얀 웃음
조용히 들려오는
천사의 나팔 소리
평온한
아침햇살에
들려오는 희망가

제4부

사랑 풍경

봄날 풍경

따뜻한 봄 햇살이
가득한 춘삼월에
봄바람 달보드레
늘솔길 따라 걷네
풋풋한
첫사랑 내음
봄의 향기 닮았네

담장에 옹기종기
무리 진 개나리꽃
꽃망울 필 듯 말 듯
조붓조붓 가슴 여네
지난날
찌든 허물을
쏟아내듯 웃는다

봄 처녀

묶었던 두툼한 옷
훨훨훨 벗어놓고
봄내음 폴폴 나는
동산에 살풋 앉아
한 송이
향기를 담아
봄꽃으로 피었네

꽃처럼 아름답고
빛나는 향기로움
꽃잎은 날개옷에
눈부신 벚꽃 웃음
설렌 맘
산골 봄처녀
부푼 가슴 터지네

봄비 내리는 날

봄비는 자박자박
춤추는 발레리나

회색빛 무도장에
관객을 꽉 채우고

물오른
나뭇가지에
봄의 왈츠 벙글다

아침 향기

아침에 출근하면
반갑다 인사하네

책상 위 작은 꽃병
내 삶의 정든 친구

무심결
눈 맞춘 시화
작은 공간 꿈 얘기

기분이 우울할 때
사랑의 꽃차 향기

힘들 땐 용기 주고
좋은 날 함께 웃죠

오늘도
소소한 향기
행복 담은 나의 삶

글 향기

아직도 아장아장
부족한 글 걸음마
예쁜 옷 곱게 입혀
날개를 달았어요
그대 맘
따뜻한 향기
무엇으로 갚으리

하나씩 멋진 작품
내 눈이 호강하고
마음에 문이 열려
얼굴엔 밝은 미소
어느새
사랑의 눈빛
마음으로 읽는다

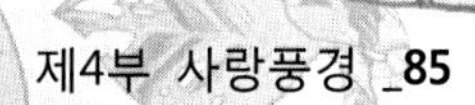

봄의 길목에서

자박자박 산길 따라
굽이굽이 걷다 보면
산바람 봄 햇살에
초목에 움트는 봄
물오른
가지 끝마다
번지는 봄의 향기

개울가 고인 물에
개구리알 몽글몽글
뒷다리 꼬물꼬물
웅크려 도약하니
대지가
화들짝 놀라
꽃망울을 토한다

봄처녀 내딘 마음
발길이 닿을 때면
들녘의 여린 풀들
새 옷을 갈아입고
꽃다발
한 아름 품고
봄의 선물 나눈다

첫 눈빛처럼

늘어진 몸 이끌고
봄 마중 나간다네
새들의 응원가에
발걸음 가볍구나
바람결
물오른 잎새
손뼉 치며 반기네

쉬엄쉬엄 오르는 길
하늘빛 햇살 곱다
차가운 고통 넘어
기쁨이 손짓하네
새싹의
첫 눈빛처럼
소망 씨앗 담았네

새봄 맞이

바람의 입맞춤에
들녘은 들숨 날숨
눈길도 주지 못한
조그만 초록 새순
생명은
부지런하게
들썩들썩 봄 준비

샛노란 병아리 떼
봄볕에 아장아장
흰나비 너울너울
봄바람 춤을 춘다
내 임의
풀피리 소리
피릴리리 피릴리

새봄을 기다리며

괜찮아 토닥토닥
마음을 풀어보렴

봉오리 은빛 눈물
허우룩 맺힌 설움

또다시
다독이는 맘
꽃피는 날 있겠지

※ 허우룩 : 마음이 매우 서운하고 허전한 모양.

입춘

바람에 두리둥실
춤추며 오시려나
햇살에 반짝이며
나풀나풀 오시려나
내 고향
매화꽃 사랑
추억으로 오시네

창문 앞 돌담 밑에
봄볕이 들어선다
파릇한 여린 잎새
선잠 깬 아이 같다
따뜻한
하늘빛 웃음
겨울잠을 깨운다

꿈꾸는 봄

가지 끝 봉긋봉긋
희망을 노래하고
발걸음 사뿐사뿐
마음을 다스리네
힘차게
내딛는 걸음
새봄의 꿈 피었네

허술한 담장 밑에
앵두꽃 피었을까
내 마음 한 줌 걸어
내일을 기약하네
봄 오면
꿈을 싣고서
다붓다붓 피겠네

씨앗의 꿈

당신의 넓은 마음
사랑을 품은 씨앗
생명이 숨을 쉬는
초록의 숲이 되네
끝없는
풍성한 나눔
꽃과 열매 얻으리

언어는 말의 씨앗
가슴에 피는 새순
누군가 마음에서
희망의 꽃이 피네
고운 말
가슴에 핀 꽃
향기롭게 벙글다

봄비 내리는 날(2)

우산 위에 떨어지는
똑똑똑 울림 소리
가만히 눈을 감고
그대를 느낍니다·
내 안에
아직도 남은
기억 속의 그 모습

또르르 흘러내린
잔물결 아련하다
그대가 남겨놓은
사랑의 세레나데
그리움
젖어들수록
아름답게 슬퍼요

별 무리 총총

밤하늘 수놓아진
잔잔한 미소인가
빛살에 흩어지는
바다 위 윤슬인가
깜깜한
어둠 속에서
희망의 빛 한줄기

바다 위 떨어지는
별 곁듯 금빛 총총
어여쁜 사연 실어
소곤소곤 속삭인다
또르르
무지개 타고
내려오는 그리움

마음이 아플 때면
누구나 쉴 수 있게
물너울 저편에는
바다를 비워둔다
잔잔한
은빛 별무리
가만가만 꿈꾼다

글벗 사랑

글벗들 모여 앉은
글 나눔 쉼터에는
웃음꽃 하하 호호
날마다 글꽃 피네
옹골찬
글나무 열매
주렁주렁 열렸네

진실한 마음 담아
글밭에 달려가면
너와 나 행복 나눔
사랑과 지혜의 숲
글말로
활짝 핀 글숲
아픈 마음 달랜다

머리가 복잡하고
마음이 아픈 사람
편안한 마음으로
글꽃을 바라보라
따뜻한
언어의 위로
지친 마음 쉬는 곳

글빛으로

글 향기 날개 달고
신나게 달립니다

멜로디 아름다운
노래도 부를게요

새해엔
희망의 꽃등
글빛으로 밝혀요

매듭달을 맞이하여

십이월 마지막 달
뒤돌아 보듬는 맘
지쳐서 힘든 우리
따뜻한 온정 나눔
훈훈한
한 해의 위로
감사함을 전한다

평범한 일상으로
언제쯤 돌아갈까
손잡는 살가움도
밀어내는 거리 두기
마지막
한 장의 달력
건강 희망 담는다

서로의 아픈 상처
따뜻이 보듬는 말
모락모락 피어나는
사랑의 향기로다
소소한
마음의 온기
따뜻하게 나누리

글 향기(2)

부족한 서툰 글말
붓끝에 춤을 추고
먹빛의 날갯짓에
포르르 날아올라
저 높은
하늘을 향해
끊임없이 오르네

빛나는 붓끝으로
마음을 흔들어요
자꾸만 고개 돌려
그대를 바라봐요
남몰래
품은 그 사랑
들키고야 말았네

함께 걸으며

스치는 그대 숨결
설레고 따뜻해라
파아란 하늘 보며
그대 손 잡아본다
오르막
힘든 발걸음
둘이 함께 걷는 길

찬바람 서리에도
철없이 피어난 꽃
오가는 사람마다
웃음꽃 안겨주네
무서운
밤의 추위를
견디면서 피운 꽃

낙엽 진 산길 걷다
서로를 바라보며
애틋한 정 그리워
살갑게 입 맞춘다
넘치는
따뜻한 사랑
하루해가 저문다

마음을 챙기다

눈 감고 호흡조절
마음을 쓰다듬다
잔잔한 멜로디에
아픈 맘 씻어낸다
무심한
한마디의 말
가슴 저린 큰 상처

세월을 보내면서
넓어진 마음 크기
시간의 흐름만큼
인내로 견디리라
가슴 친
말 한마디를
아픔으로 담는다

괜찮아 나 괜찮아
스스로 위로하고
겸손의 마음으로
다시금 챙겨 본다
고마운
좋은 인연들
웃음으로 만나리

제5부

사랑 추억

물오름달의 추억

소르르 봄바람이
가슴을 파고 든다
살갑게 안겨 오는
싱그런 초록 향기
새싹들
요란스럽다
꽃눈 뜨는 소리가

하늘빛 연모하듯
피어난 아지랑이
소담한 작은 풀꽃
해말간 웃음소리
뜨락엔
달콤한 바람
푸른 하늘 흐른다

두 손을 잡고

마알간 샘물 같은
그대의 아침 인사

따뜻한 당신 눈빛
햇살처럼 포근해요

꽃길만
사뿐 사뿐히
두 손 잡고 걸어요

글빛으로(2)

어쩌다 시인 되어
행복은 안다미로

머릿속 예쁜 단어
입꼬리 올라가네

참 동행
꿈꾸는 세상
가슴 벅찬 하룻길

사랑의 나눔 인사
공감 글 선물 가득

작은 것 하나하나
큰 행복 나눔 하네

따뜻한
글빛을 비춰
너에게로 가는 길

정월 대보름

둥근달 바라보면
그리운 고향 생각
생나물 건취나물
오곡밥 고슬고슬
어머니
사랑의 마음
가족 건강 빌었죠

냇가에 달집 지어
훨훨훨 타오를 때
눈감고 두 손 모아
소원을 비는 마음
모두가
손에 손잡고
강강술래 달맞이

정월 대보름(2)

보름달 두리둥실
해맑은 당신 생각
환하게 밝은 모습
당신을 닮았어라
오늘 밤
달을 따다가
내 마음에 품으리

그대도 달을 보며
내 생각 하시려나
저 달빛 바라보며
오롯이 내 임 생각
대보름
환한 미소에
그리움만 가득해

은행나무 사랑

거리마다 노란 얼굴
방긋방긋 웃는 기쁨
황금빛 은행나무
피어난 사랑 약속
가지 끝
노란 그리움
스멀스멀 번져요

반가운 듯 나풀나풀
내려앉는 은행잎들
한잎 두잎 추억으로
차곡차곡 새깁니다
가슴 속
움트는 사랑
천년 약속 지켜요

들봄달의 꿈

된바람 꽃샘추위
시샘달 잎샘 추위
나들목 길목에도
우리네 마음에도
들봄달
초록의 새 꿈
다복다복 피었네

움츠린 마음 열고
새봄을 기다리네
초목에 움트는 꿈
설렘의 들뜬 마음
새하얀
꽃이 핀다오
잊지 마오 그대여

* 들봄달 : 2월을 달리 부르는 명칭, 시샘달

추억의 봄을 찾다

– 경주 보문단지에서

아련한 추억 속의
그 길을 따라 간다
경주의 보문단지
화려한 벚꽃 나무
앙상한
나뭇가지 위
봄을 품은 그리움

나의 벗 얼굴에는
편안함 묻어나고
양지 녘 길섶에는
봄소식 들려오네
호숫가
잔잔한 물결
밀려오는 봄봄봄

나눔의 과메기를
거하게 선물 받고
순두부 한 그릇에
마음은 풍요롭다
친구의
따뜻한 마음
가슴 찡한 고마움

마음을 빗다

차분히 빗은 머리
바람에 날립니다
한참을 매만져도
처음과 다른 모습
태풍이
지나간 뒤에
출렁이는 머릿속

혼란의 시간들이
가슴을 짓누른다
머리에 심한 자극
흥분이 일어난다
마음은
깜깜한 먹빛
갈 곳 잃은 나그네

국화꽃 사랑

사랑을 가득 채운
국화꽃 송이송이
빛나는 그대에게
축복을 드립니다
꽃다발
한 아름 안고
활짝 웃는 그 미소

가을에 물든 하늘
색 색깔 아름답다
따뜻한 커피 한 잔
마음을 나눈 기쁨
뜨겁게
물든 가슴에
붉어지는 그 향기

글숨을 만나다

밤잠을 꼬박 새워
새벽길 종종걸음
초행길 두려운 맘
신기한 모험이다
부산역
만남의 광장
설렘 가득 물든 곳

광장을 빠져나와
기차에 몸을 싣고
확인 또 확인하고
마음을 내려놓다
조용한
창 너머에는
봄이 내려앉는다

부산에서 파주까지
기차는 달려간다
두 눈은 반짝반짝
호기심 가득 담다
활짝 핀
시화의 글숨
글꽃 피는 호숫가

마음을 잇다

고요한 새벽녘에
바람도 잠들었다
앙상한 나뭇가지
봄맞이 꿈을 꾸곤
사뿐히
내디딘 걸음
설렘으로 떨린다

온화한 겨울밤에
밤잠을 자다 깨다
나 홀로 나선 길이
새롭고 신기하다
너와 나
마음을 잇다
나를 찾는 여행길

그대 생각

깊은 곳 심장 울림
조용히 들썩인다
그리움 하나 묻고
그곳을 바라본다
하늘 끝
숨 쉬는 공간
어디에서 만날까

저 멀리 저 별까지
그리움 전해질까
저 높은 구름 사이
미소가 머무는 날
추위에
움츠린 마음
너를 다시 그린다

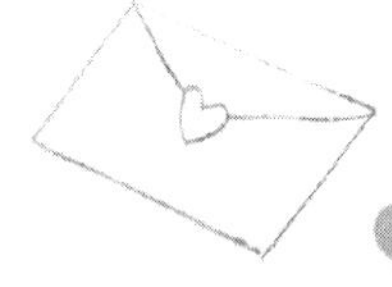

상사화

산사에 오르는 길
다붓다붓 가득 핀 꽃
그늘진 숲속에서
꽃 잔치 열린다네
그리움
가득 품은 맘
잊지 못할 사랑아

겨우내 파릇파릇
봄이면 사라진 잎
그리워 애타는 맘
초가을 붉은 꽃잎
언제나
사무치는 맘
노을빛에 물든다

사철이 아름다운
고요한 산사의 뜰
사랑은 숨죽여서
안갯속에 묻힌다네
서로를
그리워하며
다시 피는 상사화

해오름달의 꿈

임인년 이른 아침
야무진 마음 다짐
한 발짝 뗄 때마다
각오를 다져본다
밝아온
한 밝 달의 꿈
덕담으로 맞는다

방긋이 웃는 얼굴
정으로 보듬고서
소중한 고운 인연
따뜻한 삶의 향기
너와 나
마음 나누며
함께 걷는 첫걸음

해돋이

첫 마음 가다듬고
산 위에 올라서면
진실의 맑은 숨결
희망에 돛을 달다
두 팔을
활짝 열어서
온몸으로 품는다

올곧은 꿈과 소망
찬란한 태양 빛살
겸손으로 내려앉은
둥근 빛 희망의 꿈
저 멀리
겹겹이 쌓여
바다 위로 솟는다

상사화(2)

선사의 넓은 언덕
불꽃이 활활 타고
온몸을 불태우며
감추던 붉은 눈물
우리의
구슬픈 사연
사랑이라 말하리

잎새와 꽃잎끼리
서로가 하 그리워
애절한 사연 담은
애달픈 붉은 연가
보고파
날마다 찾는
숨결 같은 그 사랑

동짓날 소망

작은 설 동짓날의
붉은 팥 곱게 쑤어
액운 막이 동지팥죽
이웃과 나눔하고
올 한 해
울고 웃던 일
가슴으로 품지요

정성껏 쑤는 팥죽
어머니 그리워라
온 가족 다시 찾는
그리운 엄마 생각
행복을
다지는 손길
당신 손맛 그립다

한 해는 물러가고
새롭게 소망 담아
새해엔 우리 모두
건강과 소원성취
따뜻한
옹심이 팥죽
새해맞이 한다네

나의 가을

가쁜 숨 차오르네
아 좋다 가을 내음
오솔길 발길 따라
넘실댄 오색 물결
온 산에
가을의 향기
그대처럼 스민다

눈 가는 곳곳마다
고운 빛 참 좋아라
눈부신 오색 물결
내 마음 적시는 빛
살포시
내게 안기는
나의 가을 그대여

청춘을 추억하며

흰머리 희끗희끗
젊음은 멀어져도
내 영혼 청춘으로
봄빛에 새순 돋듯
지긋이
미소 지으며
꿈틀꿈틀 움튼다

세월이 쌓인 자리
얼굴에 묻어나니
시간에 담긴 마음
넓어진 지혜의 숲
지금쯤
뒤돌아보니
저만치서 웃는다

제6부

행복 추억

황혼에 들며

세월은 저만치서
어서 가라 등 떠밀고

내 모습 바라보니
황혼 숲 걷고 있네

이제야
한숨 돌리니
내 친구가 그립네

고향길 걷다

친구를 만나기 전
설렘에 잠 못 들고
산행길 운치 있는
빗길도 신이 난다
먹구름
빗줄기 따라
함께 못한 그리움

시원한 개울물로
무더위 씻어내고
가지 위 노란 단풍
가을빛 익어간다
또르르
떨어진 알밤
내 발끝에 머문다

바닷가의 추억

회색빛 하늘마저
눈물을 머금었네
슬픔을 가득 담은
파도의 거센 숨결
바닷가
검은 물빛은
추억마저 삼킨다

그대의 발걸음에
호기심 가득하고
신이 난 내 발걸음
수다로 종알종알
해맑은
그대 웃음에
먹구름도 거치네

갈맷길 푸른 바다
해국과 씀바귀꽃
오르고 굽이돌아
가쁜 숨 몰아쉰다
배려한
어울마당서
허기진 배 채운다

무소유(無所有)

큰 욕심 풀어내어
비우고 또 비우고

마음에 지혜(智慧) 담아
양식(糧食)을 채워간다

툭툭툭
털어낸 욕심(欲心)
큰 세상을 품는다

수호천사

그대를 바라보면
마음이 편해지네
힘들고 불편한 맘
당신을 만난 미소
언제나
환한 얼굴에
내 마음은 늘 설렘

따뜻한 선한 눈빛
힘든 맘 토닥토닥
살며시 감싸주는
나만의 수호천사
오롯이
나의 바라기
그대 보며 웃지요

시화전 축제

길섶엔 코스모스
옹골찬 황금 들녘
신이 난 메뚜기떼
가을은 풍요롭다
축제장
설레는 길목
울긋불긋 물든다

꽃 계단 사뿐사뿐
한걸음 또한 걸음
옮겨놓은 발걸음에
폴폴폴 꽃잎 내음
글빛이
춤추는 시화
아름다운 글 향기

오솔길 노란 물결
꽃바람 넘실대고
잔잔한 장단 속에
글 그림 춤을 춘다
덩달아
신이 난 그대
얼씨구나 좋아라

쾌청한 가을 하늘
글 향기 날개 달고
두둥실 높은 곳을
끝없이 올라간다
밤하늘
반짝이는 글 빛
별이 되어 빛나네

물이 흐르듯

물처럼 바람처럼
맺어진 우리 인연
촘촘히 정을 심어
서로를 위로하고
다정히
바라보는 맘
행복나무 자란다

흙냄새 다독다독
글 씨앗 뿌려놓고
발길에 꿈을 싣고
물 흐르듯 흘러간다
고요한
산기슭에는
나의 꿈도 자란다

꽃바람 불어오고
오곡이 영근 가을
들꽃들 춤을 추는
연천을 달려간다
정겨운
꿈의 고향길
종자와 시인 박물관

호루고루성에서

산과 강 나무와 꽃
고요한 침묵 속에
역사의 깊은 한숨
꾹꾹 꾹 눌러 놓고
서러운
눈물 터지듯
굽이치는 물줄기

숨 가쁜 출렁다리
양쪽의 주상절리
수렴한 아스라이
물줄기 쏟아낸다
한탄강
폭포수 설움
콸콸대는 메아리

삼국의 영토분쟁
방어한 격전지에
성벽의 호로 고루
햇살이 눈부시다
억겁을
향하는 자연
한스러운 그 침묵

고석정 노송

사계절 바뀌어도
그 마음 한결같아
한탄강 탄식 소리
아픔을 휘감더니
남몰래
흔들린 눈빛
슬프기만 하여라

수천 년 다문 입술
타버린 까만 심장
흐르는 저 강물에
씻고 또 씻어봐도
그때의
슬픈 사연을
씻을 수가 있을까

산등성 올라서면
노송의 울음소리
겹겹이 주상절리
말 못 한 아픈 상처
하이얀
그리움 쌓아
고향 꿈을 꾸누나

산책길

초승달 고개 내민
초저녁 산책길에
선선한 바람 따라
풀벌레 울음소리
정겨운
고향의 향기
젊은 날의 추억들

노을빛 저 하늘에
갈바람 살랑살랑
길섶에 모여 앉은
이름 모를 꽃들이여
너와 나
함께 걸으며
가을 노래 부르자

무량수전에서

운무로 자욱해진
산사의 새벽 풍경
엄숙한 고요함은
정갈히 다스린다
가파른
오르막길은
고즈넉함 더하네

팔월의 초록 운무
신비한 무량수전
능선길 이어지는
수줍은 누각 웃음
비 맞아
짙어진 색깔
내 마음도 푸르다

바위와 나무 비춘
산사의 작은 연못
또 다른 모습으로
운치를 담은 풍경
봉황산
잘 그린 화폭
동양화를 만난다

연천에 꿈을 심다

하늘빛 푸르름은
그대의 기도인가
황톳빛 메리골드
당신의 행복인가
영원히
꽃씨 담은 꿈
물 흐르듯 나른다

온누리 정겨운 빛
달려가 맞잡으면
까칠한 임의 손길
온 산을 곱게 빗고
따뜻한
선한 눈빛에
임의 향기 품는다

꿈의 숲 푸른 빛에
큰 배움 새겨 담고
소박한 꿈의 씨앗
용기로 심어본다
먼 훗날
푸른 동산에
꽃 한 송이 피겠지

간절한 사랑

그대의 가슴에 핀
한 송이 꽃을 보네
탐스레 활짝 핀 꽃
설레며 바라보네

그립니
너도 나처럼
임 그리워 피었니

부석사 배롱나무

산과 산 사이사이
운무가 피어나고
산사에 흐드러져
세속의 옷을 벗네
백일홍
붉게 꽃 피워
꽃 대문을 만드네

활짝 핀 꽃 마당에
햇살이 비친 아침
봉긋한 꽃봉오리
더 붉고 아름답다
산사는
붉게 물드니
떠난 벗이 그립다

노란 천사(옐로우 엔젤)

해맑은 노란 웃음
숨 쉬는 맑은 공기
줄기 끝 꽃잎 달고
늘어진 아담한 꽃
돋을볕
초록 잎새 위
도담도담 자란다

잔디처럼 다붓다붓
정성에 피어난 꽃
생김새 웃는 모습
귀엽고 앙증맞다
꽃송이
사랑스러운
우리 아기 작은 손

작은 꽃 노란 천사
쑥 자란 하룻밤 꿈
네 장의 하트 꽃잎
서로서로 도란도란
잔물결
옐로우 엔젤
어여뻐라 그대여

어느 멋진 가을날에

햇살이 고운 벤치
너와 나 마주 앉아
달콤한 시간 속에
서로를 느낍니다
지금도
두근거리는
심장 소리 들린다

애잔한 그대 마음
보내기 아쉬워서
한 떨기 잎새 위에
추억을 새깁니다
꽃물 든
가을날처럼
내 마음도 물들다

먹물에 마음 담다

마음을 굳게 믿고
살며시 붓질한다
고웁게 그려봐도
붓끝은 삐뚤삐뚤
천천히
정성스럽게
찾아가는 손놀림

마음을 수나롭게
힘주어 도담도담
즐기는 시나브로
붓끝은 신비롭다
먹물에
날아든 열정
우긋하게 담는다

가을의 진실

국화꽃 예쁘지요
구절초도 참 예뻐요

꽃나비 꿀벌들도
가을 속에 물들지요

가을의
활짝 핀 미소
어우러진 그 풍경

낙엽에 꽃 피는 날

그리움 삭혀가며
만난 날 기다리다
낙엽에 꽃 피는 날
반갑게 마주 앉다
즐거운
우리의 만남
너무너무 좋구나

코흘리개 꼬마 친구
황혼에 마주하니
앉았다 일어서면
아이고 허리 다리
어느덧
귀가 열리는
아, 무심한 세월아

머리에 희끗희끗
흰 서리 내려앉고
우리의 깊은 우정
서로를 이해하네
추억의
발자취 찾아
이야기꽃 피우네

그리움 삭혀가며
만난 날 기다리다
낙엽에 꽃 피는 날
반갑게 마주 앉다
즐거운
우리의 만남
너무너무 좋구나

코흘리개 꼬마 친구
황혼에 마주하니
앉았다 일어서면
아이고 허리 다리
어느덧
귀가 열리는
아, 무심한 세월아

머리에 희끗희끗
흰 서리 내려앉고
우리의 깊은 우정
서로를 이해하네
추억의
발자취 찾아
이야기꽃 피우네

가을 수채화

바람이 지난 밤에
커다란 바람 붓질
휘리릭 선을 그어
노랗게 그린 그림
아련한
사랑이 되어
추억 속을 걷는다

팔랑팔랑 노란 마음
나비 떼 내려앉다
여백의 맑은 숨결
한 폭의 수채화다
잎새 위
그리움 실어
기다림을 익힌다

□ 서평

시조로 맛보는 사랑과 행복의 향기

- 이명주 시조집 『너에게로 가는 길』

최 봉 희(시조시인, 평론가, 글벗 편집주간)

얼마 전 어느 지하철역 승강장에서 가슴을 울리는 짧은 시조를 만난 적이 있다. 그 향기가 내 가슴을 진하게 물들였다. 시조가 겨레의 문학으로서 우리에게 큰 울림을 준다는 사실에 감회가 새로웠다.

시조(時調)는 700년 전통의 우리 고유의 전통 시가다. 우리의 시가문학(詩歌文學)으로 정형시(定型詩)라는 데에 자부심을 느낀다.

시조가 시인들에게 창작되고 대중들에게 향유가 되는 이유는 무엇일까? 우리말의 특성을 가장 잘 살린 문학이기 때문이다. 시조의 음보 단위 형식 구조는 초장, 중장은 3.4조로 이어진다. 주어와 서술의 구조로 이루어진다. 예를 든다면 "글벗은 메아리다"처럼 체언(주어 : 글벗은)와 용언(서술어: 메아리다)로 이루어진 구조다. 또한 우리말 단어는 대부분 2음절(글벗)이나 3음절(메아리)로 되어 있다. 여기에 조사나 어미가 붙어 3음절(글벗은), 4음절(메아리다)로 이루어진다. 즉, 우리말은 기본적으로 3~4자가 하나의 의미 단위를 이루고 있다. 시조가 이러한 우리나라의 문법적 구조에 가장 적합한 독특한 형식이 아닐까 한다.

시조의 형식은 3장 45자 내외로 구성되어 있다. 각 장은 3·4조 기본 단위가 두 번씩 반복된다. 그 사이에 쉼 자리도 들어간다. 따라서 전체적으로 보면 3·4조 단위가 여섯 번 반복되는 셈이다. 초장 3·4·3·4, 중장 3·4·3·4, 종장 3·5·4·3의 3장 6구 12음보, 45자 내외의 음수율을 갖고 있다. 이를 정격시조라 부른다.

정격시조라고 하더라도 한 글자도 예외 없이 정확하게 창작하는 일본의 하이쿠(5·7·5조)나 한시(漢詩)의 절구와는 다르다. 우리말은 교착어(膠着語)로 조사와 어미가 발달한 언어다. 따라서 시조는 한두 글자의 융통성은 존재한다.

'가장 한국적인 것이 가장 세계적이다.'라는 말이 떠오른다. 세계 문화에 한류가 급성장하면서 피부로 느껴지는 진실이다.

근래에 부산에서 활동하는 이명주 시인이 시조집을 발간한다. 2021년 계간 글벗에 시조로 등단한 후에 어느덧 네 번째 시집이자 두 번째 시조집을 발간한 것이다. 매우 반가운 일이다. 그것도 정격시조를 구현했다는 점에서 대단하다. 그의 시조 작품을 다시금 주목하게 된다. 우리 겨레의 시조에 대한 그의 역량과 시조의 향기를 마음껏 느낄 수 있다.

아직도 아장아장
부족한 글 걸음마
예쁜 옷 곱게 입혀

날개를 달았어요
그대 맘
따뜻한 향기
무엇으로 갚으리

하나씩 멋진 작품
내 눈이 호강하고
마음의 문이 열려
얼굴엔 밝은 미소
어느새
사랑의 눈빛
마음으로 읽는다
– 시조 「글 향기」 전문

위 시조는 처음으로 시조를 배워가는 걸음마 시인이 느낀 배움의 향기, 그리고 시조의 향기를 그윽하게 담았다. 3장 6구로 살린 격조와 운치가 넘치는 우리 민족만의 독특한 겨레의 문학인 시조를 예쁜 옷, 곱게 입혀서 날개를 단 것이다. 눈이 호강하고 마음의 문을 여는 시조, 사랑의 눈빛으로 시조를 읽고 쓰고 있다.

시조의 향기는 참으로 사랑의 빛으로 그윽하다. 시조는 사랑의 정한(情恨)을 담은 것은 물론 삶의 향기를 빚는다.

부족한 서툰 글말
붓끝에 춤을 추고
먹빛의 날갯짓에
포르르 날아올라
저 높은

하늘을 향해
끊임없이 오르네

빛나는 붓끝으로
마음을 흔들어요
자꾸만 고개 돌려
그대를 바라봐요
남몰래
품은 그 사랑
들키고야 말았네
– 시조 「글 향기(2)」

초 · 중 · 종장 3장으로 나누어져 3·4조의 기본 율격을 바탕으로 호흡이 멎어질 듯 굽이친다. 그러면서도 반복적 리듬으로 이어진다. 초장에 하늘을 향해 끊임없이 오르더니 종장에 이르러서는 3·5조로 꺾어진다. 높은 절벽에서 쏟아져 내리는 폭포수처럼 긴박한 긴장감을 조성하는 것이다. 마지막엔 잔잔한 물거품처럼 4.3조의 리듬으로 평온한 여운을 남긴다.

그리움 가득 담아
내 마음 오밀조밀
손끝을 꼭꼭 눌러
추억을 가득 담다
옛사랑
내 곁에 앉아
숨결처럼 맴돈다

묵은지 송송 썰어
동그란 추억의 꽃

한 송이 필 때마다
가족들 웃음소리
어머니
살아계신 듯
우리 곁에 앉는다
– 시조 「만두 빚기」 전문

만두를 빚었던 추억을 되새기면서 그리움으로 어머니를 떠올린다. 그리고 이를 추억의 꽃이라고 비유하여 표현한다. 이처럼 '오밀조밀', '송송' 등 의성어와 의태어를 활용하여 미적 감각(美的感覺, aesthetic sense)을 발산한다. 미적 감각은 하나의 대상물에 대하여 시각, 청각 등의 여러 가지 감각이나 감정을 살려서 예술적 감각을 획득하는 것을 말한다.

시조에서 느낄 수 있는 미적 감각의 핵심 요소는 절제미(節制美), 긴장미(緊張美), 균제미(均齊美), 완결미(完結美)다. 평시조인 경우 3장 6구라는 제한적 틀 안에서 미적인 감각 요소들을 창출해 내야 한다. 그 때문에 다른 어떤 장르들보다도 엄격한 시어의 선택과 응축과 절제된 표현 기교가 요구된다. 이것이 바로 시조가 풍기는 은은한 향기다.

눈 뜨면 달려가요
이 마음 어쩌나요

그대를 향한 마음
오늘도 달콤해요

남몰래

그대 품 안에
풍덩 빠져 버려요
- 시조 「아침 커피」 전문

커피를 의인화하여 표현한 시조다. 어쩌면 시인은 시조의 맛을 커피로 표현한 것은 아닐까? 그의 시조에는 향기가 커피 향기처럼 그윽하다. 그의 시조에는 '향기'라는 단어가 54번 등장한다. 그렇다면 그의 향기는 어떤 의미를 지니고 있을까?

내 안에 그대 생각
오롯이 담아두고
촉촉이 비 내린 날
살포시 마주한다
따스한
그대의 향기
그리움을 마신다
- 시조 「차를 마시며(1)」 전문

위 시조는 그리움의 정서를 압축적으로 잘 드러내고 있다. 이글의 절창은 종장 부분이다. 누군가를 그리워한다는 것은 삶 속에서 가장 아름다운 즐거움인지도 모른다. 그러기에 이글의 시적 자아는 촉촉이 비가 오는 날을 기다리면서 설렘과 기다림의 정서를 '차'라는 객관적 상관물로 표현한다. 특별히 종장의 "따스한 그대의 향기 그리움을 마신다"라는 표현이 시조의 멋과 맛을 단적으로 드러내 주고 있다.

이명주 시인이 첫 번째로 표현한 향기는 '그리움의

향기'다. 차를 마시면서 사랑하는 이를 그리워하는 것은 돌아가신 부모님을 그리워하는 것인지도 모른다. 물론 고향을 그리워하는 것이리라.

산세가 아름다운
첩첩산중 작은 마을
고향집 앞 시냇가
아이들 웃음소리
멱 감고
송사리 쫓던
그리워라 내 고향

십리 길 등하굣길
사계절 아름답다
물소리 산새 소리
병풍 속 한 폭 그림
친구들
웃음소리에
따라 웃는 메아리
- 시조 「그리운 내 고향」

이 시조 역시 그리움의 향기를 시조로 표현한다. 글은 선경후정(先景後情)의 구조적 틀도 완벽하다. 고향을 배경으로 시냇가의 물소리와 산새 소리, 아이들의 웃음소리와 조화를 이루어 고향의 그리운 정서를 압축적 기법으로 표현하고 있다. 다시 말해 시조의 3장 형식의 압축적 표현으로 완결의 미학을 추구하는 것이다. 시조가 지닌 절제미와 간결미, 그리고 독특한 율격에 긴장으로 이어지는 의미의 전달력이 매우 큰 힘을

발휘한다.

당신의 넓은 마음
사랑을 품은 씨앗
생명이 숨을 쉬는
초록의 숲이 되네
끝없는
풍성한 나눔
꽃과 열매 얻으리

언어는 말의 씨앗
가슴에 피는 새순
누군가 마음에서
희망의 꽃이 피네
고운 말
가슴에 핀 꽃
향기롭게 벙글다
– 시조 「씨앗의 꿈」 전문

위 시조는 비유적 기법을 잘 활용한 작품이다. 씨앗과 언어를 대조하여 사람의 마음과 초록의 숲을 이루는 비유와 상징을 활용한다. 종장에는 꽃과 열매를 맺는 희망의 꽃으로 피었다. 외면의 투박함을 내면의 뜨거움과 열정으로 밀도 있고 실감나게 표현한다. 뛰어난 수작이다. 비유나 상징 그리고 풍자는 작시법의 핵심을 이룬다. 비유나 상징, 반어나 역설, 풍자 등은 그것이 없는 시조는 시조가 아니다.

한 남성의 야박함과 표독스러움을 표현할 때, "저 남자는 야성적이다"라고 하는 것보다 "저 남자는 늑대다"

라는 비유가 더 효과적이고 더 실감나는 표현이다. 명확한 표현을 위해서는 직접적 설명보다는 다른 사물에 빗대어 간접적으로 돌려서 표현하는 비유의 기법을 잘 활용해야 한다.

글 향기 날개 달고
신나게 달립니다

멜로디 아름다운
노래도 부를게요

새해엔
희망의 꽃등
글빛으로 밝혀요
– 시조 「글빛으로」 전문

글 향기, 시조의 향기는 항상 멀리 퍼지는 법이다. 노래로 혹은 희망의 꽃등으로 모든 이에게 글빛을 밝히는 것이 시인의 사명이자 희망이다.

일반적으로 시인의 생각을 독자들에게 세세히 전달하기 위해서는 장황한 수식과 서술이 필요하다. 하지만 이명주 시인은 시조 3장을 통하여 극도의 절제와 함축적 표현으로 자신만의 생각을 간결하게 표현한다. 그것도 사고의 확장과 여운을 '시조의 향기'로 유도해 내면서 미적 가치를 창조하고 있다.

봄바람 하늘하늘
꿀벌의 봄나들이

달콤한 노란 꽃잎
사랑을 모아 담다
춤추는
노란 꽃물결
바로 그대이어라

샛노란 넓은 들판
꽃망울 터트리고
유채꽃 향기 폴폴
꿀벌과 하얀 나비
사랑해
더 늦기 전에
노란 고백 하고파

연푸른 바다 보며
보고픈 그대 생각
쪼르르 달려 나와
애타게 그리는 맘
찻잔 속
다소곳 앉아
기다려요 그대를
- 시조 「유채 꿀차」 전문

이명주의 시인의 시조의 두 번째 향기는 '사랑의 향기'다. 앞에서 말했듯이 그리움과 기다림의 향기는 지속되면서 마침내 사랑의 향기를 남긴다. 어쩌면 시조를 쓰고 읽는 행위가 사랑의 만남이요, 행복의 표현이다.

창가로 스며드는

햇살이 따사롭다
그리움 가득 담아
그대 맘 채워 본다
보드란
그대의 입술
사랑 눈빛 뜨겁다

편안한 시간 속에
포근히 품은 사랑
어여쁜 찻잔 속에
피어난 그대 향기
보고파
검게 탄 마음
반짝이는 나의 별
– 시조 「카푸치노 사랑」 전문

그리움을 기다리면서 만나는 애틋한 사랑은 편안한 시간 속에서 포근히 사랑을 품는 것이다. 기다림에 검게 탄 마음은 사랑으로 반짝이는 것이다. 사랑을 표현하는 감성의 언어가 따뜻하다. 그리움의 향기, 사랑의 향기, 행복의 향기로 번져간다.

정성껏 빚은 찻잔
청잣빛 순한 마음
풋풋한 여린 잎새
그 향기 시나브로
어울려
맛깔난 인생
깊어지는 우리 삶

찻잔을 앞에 두고
가만히 눈을 감다
저 푸른 들꽃 향기
코끝에 스며드네
잔잔한
연둣빛 호수
너와 나 숨 고르기
- 시조 「차를 마시며(2)」 전문

이제 시인은 차를 마시면서 행복을 맛본다. 사랑의 향기는 시나브로 어울려서 맛깔난 인생이 된다. 사랑을 후각적인 향기에서 미각으로 전환한다. 그리고 시각적인 연둣빛 호수로 행복을 표현한다.

이명주 시인의 세 번째 향기는 '행복의 향기'다. 그리움의 향기에서 사랑의 향기, 그리고 행복의 향기를 맛보는 것이다.

새날이 밝아오면
환하게 웃어주는
오롯한 나의 사랑
그대가 있습니다
당신의
힘찬 응원가
함께 불러봅니다

그대를 바라보며
행복이 가득해요
힘들고 지친 마음
언제나 토닥토닥
슬플 땐

나를 위해서
검은 눈물 흘려요

구릿빛 얼굴에는
늘 웃음 가득하고
말없이 곁에 앉은
그대가 참 좋아요
그 사람
만나는 날엔
하얀 웃음 넘쳐요
- 시조 「내 사랑 커피」 전문

시조는 어쩌면 향긋한 커피가 아닐까? 눈을 뜨면 시조를 쓰는 이명주 시인의 시조 사랑은 행복으로 그득하다. 힘들고 지칠 때마다 마음을 토닥이는 시조를 쓴다. 슬플 때도 마찬가지다. 자신을 위해서 시조를 쓰는 것이다. 이는 자신을 치유하는 수단일지도 모른다. 하지만 시조는 나 홀로 즐길 수 없다. 커피를 마시는 것처럼 그 누군가와 함께할 때 가능하다. 나눔이 있을 때 진정한 향기와 맛을 느낄 수 있다. 시조는 함께 쓰고 나누는 이가 있어야 한다. 그래야만 참다운 시조의 맛과 향기를 서로 느끼고 함께 나누면서 누릴 수 있어야 시조의 맛과 멋을 경험할 수 있다. 바로 이런 점에서 시조의 대중화가 필요하다. 이를 위해서는 시조를 즐기고 누리는 행복한 공간이 필요하다. 그것은 다름 아닌 문학 모임이 아닐까.

산길을 굽이굽이

소소한 행복 카페

새파란 하늘 가득
창밖의 자연 바람

카페 송
감성 톡톡톡
간질간질 건들다
– 시조 「카페에서」 전문

시인은 시조를 맛보는 행복 카페를 꿈꾼다. 새파란 하늘이 눈에 보이고 피부로 느낄 수 있는 창밖의 자연 바람, 그리고 노래와 어울림이 있는 감성의 삶 속에서 시인은 시조의 샘을 간질인다. 바로 그런 행복의 카페를 꿈꾸는 것이다.

어쩌다 시인 되어
행복은 안다미로

머릿속 예쁜 단어
입꼬리 올라가네

참 동행
꿈꾸는 세상
가슴 벅찬 하룻길

사랑의 나눔 인사
공감 글 선물 가득

작은 것 하나하나

큰 행복 나눔 하네

따뜻한
글빛을 비춰
너에게로 가는 길
- 시조 「글빛으로(2)」 전문

아울러 시인의 문호는 글빛이다. 글빛으로 아름다운 세상, 행복한 세상을 꿈꾼다. 이는 글벗문학회의 외침이기도 하다. 공감이 있고 나눔이 있고 따뜻함이 있는 그런 삶을 살고 싶은 것이다. 바로 그것이 시조가 풍기는 사랑의 향기이자 행복이다. 시인은 또 다른 행복의 꿈을 꾸고 있다. 그것은 다름 아닌 행복의 씨앗을 심고자 하는 꿈이다.

하늘빛 푸르름은
그대의 기도인가
황톳빛 메리골드
당신의 행복인가
영원히 꽃씨 담은 꿈
물 흐르듯 나른다

온 누리 정겨운 빛
달려가 맞잡으면
까칠한 임의 손길
온 산을 곱게 빗고
따뜻한 선한 눈빛에
임의 향기 품는다

꿈의 숲 푸른 빛에

큰 배움 새겨 담고
소박한 꿈의 씨앗
용기로 심어본다
먼 훗날 푸른 동산에
꽃 한 송이 피겠지
– 시조 「연천에 꿈을 심다」 전문

시인은 부산에 살면서 경기도 북단에 있는 경기도 연천의 '종자와 시인 박물관'을 자주 방문하곤 했다. 시화전 행사 혹은 문학 행사에 적극적으로 참여한다. 아름다운 연천에서 글벗시화전을 통해 글벗들과 글나눔을 하고 꿈의 씨앗을 심어왔다. 특별히 종자와 시인박물관 관장이신 신광순 시인의 삶에서 많은 감명을 받은 듯하다. 농부가 땅에 씨앗을 뿌려 행복을 만나듯 시인은 사람들의 가슴에 행복의 씨앗을 심고 싶었다. 그래서 꽃 한 송이 활짝 피는 행복을 맛보고 싶어 수만 리 길을 달려가고 달려왔던 것이다.

지금껏 살펴보았듯이 이명주 시인의 시조는 다양한 멋과 맛, 아름다운 향기를 지니고 있다. 그것은 그리움의 향기, 사랑의 향기, 그리고 행복의 향기였다.
우리 시조는 우리의 문학이요 전통문학이다. 요즘 시 창작의 습작 과정과 발표를 통한 활동에서 오랫동안 많은 체험을 한 작가들은 자유시보다는 시조 창작에 더 관심을 보이곤 한다. 이러한 현상은 무절제한 표현 방식에서 벗어나 절제미와 긴장미 그리고 균제미 속에 펼쳐지는 시조의 향기와 완결미를 추구하는 독특한 시조의 표현 방식과 음악적 감성에 매료된 것이다. 다시 말해 우리의 성정(性情)과 체형에 맞는 시조의 매력에 은연중에 푹 빠져들기 때문이다. 시조의 맛과 멋은 시(詩)의 한 가래로서 서정을 노래하는 것이지만 정형시의 율격(律格)에 맞추어서 창작하는 것이 시조의 구속이자 자유라 할 것이다. 그 정형성에서 자유시와는 다른 맛과 멋이 있는 것이다.

다시금 이명주 시인의 시조집 발간을 응원한다. 지속적인 그녀만의 시조 향기와 멋을 기대한다.

■ 글벗시선 191 이명주 시조집

너에게로 가는 길

인 쇄 일 2023년 3월 13일
발 행 일 2023년 3월 13일
지 은 이 이 명 주
펴 낸 이 한 주 희
펴 낸 곳 도서출판 글벗
출판등록 2007. 10. 29(제406-2007-100호)
주　　소 경기도 파주시 와석순환로 16,(야당동)
롯데캐슬파크타운 905동 1104호
홈페이지 http://guelbut.co.kr
E-mail juhee6305@hanmail.net
전화번호 031-957-1461
팩　　스 031-957-7319
가　　격 12,000원
I S B N 978-89-6533-248-0 04810